詩人選粹 4

雲間冥想

蕓朵詩集

新世紀美學 出版

大來小往與日循月環之間

「雲朵」與「蕓朵」的循環

蕭蕭

有一位中文學界的朋友，寫一手好論文，一手好字、好書法，會不會也炒一手好菜，我比較不清楚。——重要的是她也寫一手好詩。

她寫詩時筆名〔蕓朵〕，是的，就是我們都熟識的朋友〔蕓朵〕。但是要審慎辨識的，〔蕓朵〕的「蕓」是有草字頭的「蕓」，不是我們習知的「雲朵」。「雲朵」是我們習知的，在尚未認識〔蕓朵〕之前就認識「雲朵」了，所以我們知道「雲朵」指的就是「雲想衣裳花想容」的「雲」，不是「花」。是一朵一朵「花朵般的雲」，不是「雲一般的花朵」。

但是，〔蕓朵〕呢？「蕓」是什麼、如之何成朵？

我去查閱了辭書，辭書上說，「蕓」，專指「蕓薹」，是一種胡菜，胡菜胡瓜胡蘿蔔這樣說來太遙遠，取捷徑而言，其實就是我們大家習知的「油菜」，十字花科，總狀花序，最早栽種這種菜的地方叫做「雲臺」，所以菜名就叫「蕓薹」，可以讓詩友想像的是：雲而成臺，臺上有菜，其實也有現實與想像連結的美感。不過，也有人說，「蕓薹」（油菜）莖短葉大，塌於地面，如片雲麗天，所以稱為「蕓薹」，這是農人的幽默，望地為天，油菜如雲，朵朵片片，「蕓薹」之名就從塞北一直傳送到東南海島，黃綠的顏色佔滿大地，是許多人心中最早的美的震撼。

雲朵在天，抬頭就可以望見，這是寫實之作，如果存留這個映像，望著一片油菜而興起「蕓薹」的想法，這就是詩了。

雲朵在天，透露著天氣；「蕓薹」在地，接連著地氣。〔蕓朵〕的詩，是不是要傳達這樣的訊息？

重要的是：從透露著天氣的「雲朵」，到接連著地氣的〔蕓朵〕，不也是一種循環？

始「乾」終「未濟」的循環

蕓朵在《雲間冥想》這本詩集中以〈時間，節令順行——說說這本詩集的感想〉為序，提到《易經》始「乾」終「未濟」的循環說法，從第一卦的「乾」卦，勁健有力開始，到最後的六十四卦卻是河未渡濟、功未成、名未就的「未濟」卦，一切仍需從頭開始、勁健有力地開始，領悟到「無論是多麼苦難的或是光榮的生命，最後都回到原點」，所以寫出這本《雲間冥想》詩集。

這是學者詩人開宗明義的「序」，實質引領讀者進入她的詩篇。

蕓朵連詩篇的安排都層次分明，井然有序，第一札：春喜，第二札：荷露，第三札：飛霜，第四札：冬隱。依著春夏秋冬及其引發的情思在安置她的篇章。以〈冬隱〉為例，多的是「誤讀歲月、些許感傷、一張微薄的往事、在悲傷中理解悲傷、又一年、期待一朵花開、過了一個年」這樣的篇名，一種幽怨的情緒中隱藏再生的能量。

詩集的第一首詩就是〈凝望〉，主題詩、序詩的用意十分顯豁。熟讀這首詩，曲徑通幽，循環的意旨也就逐漸浮現了。

〈凝望〉是一首組詩，依二十四節氣而行。一般人講節氣從立春開始談，立春、雨水、驚蟄、春分、清明、穀雨，這是屬於春季的節氣、中氣相連而來，編成〈二十四節氣歌〉的第一句「春雨驚春清穀天」；第二句是「夏滿芒夏暑相連」，那就是立夏、小滿、芒種、夏至、小暑、大暑；秋天是「秋處露秋寒霜降」，包含了立秋、處暑、白露、秋分、寒露、霜降六個節氣；最後以立冬、小雪、大雪、冬至、小寒、大寒的「冬雪雪冬小大寒」作結。但最早的曆法家取冬至為一年的開始，所以冬至是二十四節氣的開始：冬至、小寒、大寒、……以迄於立冬、小雪、大雪。蕓朵的〈凝望〉則是從冬至的下一個節氣「小寒」開始，用另一種方式呼應「循環」是一個「圓」，任一個點都是「終」，也是「始」。不過，這是屬於學者的理性理解與運用，詩人則安置詩的開端：

——始終——

一粒種子掉落地面，緩緩滲入大地的骨髓。
像霜一樣白的影子凝結在行人匆匆的路上。

安置詩的結束：

在行人匆匆的路上。像霜一樣白的影子凝結。

終究像是
凝結著霜一般白的天地。

時間的跳動從某個斷點開始

2016——

——終始——

始終，終始，生死，死生，首尾相互呼應，都以最無暇的「白」，為之終，為之始。

這是蕓朵以詩去呼應宇宙生命的「循環」義。

大循環隱藏著小循環

二十四節氣循著圓在滾動，四季如此終而復始，地球自轉、公轉，天體運行，不都是繞著圓的軌跡動者恆動？

古人依著節氣了解水的多寡、氣候的冷熱，照著節氣種植蔬果，循著節氣在過日子。除了節氣，古人的天干，其實也來自自然界的某些狀態依序排定，試看天干甲乙丙丁戊己庚辛壬癸的發展——

「甲」字，《史記・曆書》：「甲者，言萬物剖符甲而出也。」如植物破土萌芽的樣子，外面的口（或寫作留有小缺口的半圓）是木出生時的孚甲，中間的十字是裂土而出的裂痕。「乙」字，象形，像春天草木萌芽，尚未風和日麗，嫩芽強自抽軋上出的樣子。「丙」字，可能是「炳」字的初文，「从一入冂」，一表陽氣，「冂」是「坰」的古字，代表遠野，應該是開闊的原野上陽氣旺盛，植物欣欣向榮。「丁」自是古「釘」字，象俯視釘子上端的釘帽之形，或方或圓，或虛或實都無妨，《說文解字》：「夏時萬物皆丁實」，是指夏季來臨萬物如釘子壯健而栔實。「戊」字，有人認為就是古「茂」字，「从—从戈」，「—」是上下通，天地之氣通，所以生物茂盛，「戈」是殺傷之象，物太盛，會遭人斲傷。「己」是「紀」的本字，三橫二直，象治絲、理絲的樣子。「庚」字，小篆中間寫成〇形，許慎、王筠都認為是「象秋時萬物庚庚有實也」，「有垂實之象」，這是萬物成熟，果實累累的樣子。「辛」字，眾說紛紜，多跟罪愆有關，但許慎說解仍然循著物的生長發展，他認為「求實萬物成而孰（熟），金剛味辛也。」這是指果實剛成熟時的青澀味。「壬」，一般認為同「工」字，上下的橫線象物，中間那一橫象人，所以有拿工具完成工作的「擔任」、「任事」之意，再引申為「姙」「妊」的懷孕之意，指新生命孕藏於內。「癸」，《說文解字》說字象「水」從四方流入地中，水土因而平整，適合測知水的深淺、土的肥瘠，所以有揆度耕種的最佳時機之意；「癸」字後來也指稱女子月經，如月癸、天癸。「壬」、「癸」二字合觀，頗有女性、母親、大地蘊藏無限生命的涵義在。

從破土而出、抽軋上長的「甲、乙」，到母性、懷藏的「壬、癸」，生命循環不息的本質，都在大自然中環環扣合。

蕓朵的〈芽〉如此顯映著：「生命中最重要的感動不是滿樹的花／而是春天剛剛冒芽時蹦的一聲」。

或者，年長者對年少者的告誡都可以看出生命的嬗遞、經驗的傳承與賡續：「你向鏡中嫩芽的臉說／枯黃才是真實／／我想起你／十七歲的紅臉頰，原來／每一顆青春痘都僅有一次春天」（〈鏡中自己〉），曾經紅過的臉頰也會有枯黃的一天，每一顆青春痘都僅有一次春天，他們都要經歷生老病死的循環。

小循環呼應著大循環

華人世界還講究「子、丑、寅、卯、辰、巳、午、未、申、酉、戌、亥」十二地支，因此推衍出十二生肖，這十二地支仍然有著嚴謹的對應關係，保持著呼應的循環作用，譬如詩人可以這樣思考：子，可以是孔子的「子」，也可以是老鼠的「鼠」，若是，聖凡之間就有了對應的可能；丑，可以是地支的「丑」，也可以是審美的、簡體的「醜」，若是，小丑、戲謔、苦中作樂，都會有所繫連，皺、醜、陋、透、瘦，說不定都會有新解。

再看比西方四大元素「地水火風」多出「木」的「五行」：金、木、水、火、土，自古有相生相剋之說，木生火，火生土，土生金，金生水，水生木，木又生火；木剋土，土剋水，水剋火，火剋金，金剋木，木又剋土。這樣不停地彼此相生也彼此相剋，世界萬事萬物因而循環無間，生生不息。

蕓朵應之以人事，應之以遐想，應之以詩：

我嘗試
關上門又開了門
脱鞋穿鞋
我嘗試

這世間的人出出入入
我出出入入世間

我嘗試
這唱腔飆高讓天空裂開傷痕
或者讓地面的蚊蠅失去蹤影

我嘗試在寒冷的冬季
用冰封的嘴臉面對自己

倘若天邊黑成一塊無人問津的淤泥
總有曾經留下了蹤影

——〈我嘗試〉

光明與黑暗，出與入，多少的對比動了起來，多少的循環呼應著另一個循環，轉動著另一個循環。

即使是很輕很輕的〈氣球〉，以一御萬，藝朵也讓它轉生出多少萬花筒：「人站在樹下／氣球飛在雲端／／一根細絲／牽住海角天涯／／你的眼光／把世界看成／萬花筒／／而我依然在／飄」。

藝朵用筆一向輕柔，三言兩語，讓我們隨著她清楚看見「循環」的精靈可愛，也悟得這「循環」的老鬼魂，任你大來小往，日循月環，永遠無法擺脫，所以何妨與之追逐、嬉遊，因無所求而擺脫了「循環」之苦，獲取「循環」的極大縱放之樂。

2016 年白露將來之時寫於明道開悟大樓

一隻女貓的記憶拼圖

紫鵑

平日行事風格低調的女詩人蕓朵寫詩多年，在元智大學中國語文學系教書，和詩壇詩友之間並沒有太多的往來，對她的了解僅能從她的上一部詩集《玫瑰的國度》略知一二。

和蕓朵開始熟悉是在2012年大陸漳州詩歌節，那時候我們兩個人被安排在同一個房間，一有時間便促膝暢談。一般大陸的旅店，只提供茶包，不提供咖啡，嗜咖啡如命的我，只能仰賴蕓朵帶來的濾泡式簡易手沖咖啡解饞。

蕓朵和氣，臉頰紅潤，笑起來的模樣很像小孩子。人說女人如貓，在蕓朵身上，確實有這樣時而溫馴、時而英氣凜然的氣質。我喜歡和簡單、正直、說話不會拐彎抹角的人交心。這個時候蕓朵已經開始茹素，靜坐修行，她告訴我時，我一點也不驚訝，個人因素或緣份水到渠成都該歡喜。

蕓朵新詩集《雲間冥想》，依循著四季的變化及人生起伏的歷練，做一次的階段性的總結與梳理。全書分為春喜、荷露、飛霜、冬隱四大部分。春喜代表一年初綻的希望，荷露代表夏季，「露」為眼淚的象徵。蕓朵夏日涓涓淚水忍隱穿過秋日霜白，到冬日絕望的埋葬。冬「隱」只好這樣了！只能妥協的感覺，讓人倍覺疼惜。

第一首〈凝望〉這組詩作，便以四季節氣為題入詩，從小寒、大寒至大雪，終將立春之即，生命律動與大自然結合而成的詩作。

水灑落成雨
你的思念像山丘綿延成一座座小墳
每個山頭都堆積一段深情

〈清明〉這首詩，用淚水灌溉的小墳，埋葬是堆積的深情。「深情」是事件，「小墳」是塚，可以明顯看出蕓朵內心深處，隱藏了許多密不透風的心事，必須用塚來掩埋。

與你分手的時候
整個夏天都在顫抖

過去萎縮為一道淡淡傷痕

從此，剩下未來

〈芒種〉這首詩，我們可感受到「分手」後，整個夏天都「顫抖」，為什麼夏日汗水淋漓的時候，仍舊覺得寒風刺骨呢？而後，再經過一番時間的洗禮，期許自己往前邁進，迎向未來的挑戰，這是何等內心交戰之後的盼望？

我在米粒上刻心
儲存些溫暖

熱情立刻在冬日裏蔓延

一粒米是一個世界
住著我　以及
看著我的
你

春日，蕓朵在〈刻〉這首詩中表示，每天吃食的白米何其微小？在未煮食之前，它只不過是一粒晶瑩剔透的米粒。「住著」其實是渴望被關懷及甘於縮小自己，願意被「吃下」的決心。

世界沒有變的
本質依然是黑色

在〈一匹馬過著馬路〉詩中，蕓朵如此控訴，卻又急轉而上「發現一匹馬悄悄長著白色的翅膀」，這時馬已經擬人化成為一個人間的天使，在大荒漠中悄然行進。

樹疼著呢
那些嗚咽的長嘆
皮膚已經磨出漫長歲月
與老成
我撫著樹下那張微醺的老臉
不經意

竟然融入枝幹隱身的魂魄
斜躺著夕陽

樹鳴
只有我聽見

蕓朵虔誠修行，從《心經》啟示，尋求忘我與解脫，並且每日靜坐。心是亂的，那麼從眼、耳、鼻、舌、身、意慢慢超脫原本污穢不堪的自己，充分感受原來人不過滄海一粟。她疼惜萬物，疼惜大地，疼惜一棵樹的疼痛。在〈嚶嚶樹鳴〉這首詩裏同體大悲。在〈煮文字的人〉中，明白一切都會「灰飛煙滅」。

雨紛紛而落了
我僅有的一口袋裏僅有的唯一
碰著你的秋天
無論長短你的夏天
總是開滿蓮花

爭鳴著綠油油與白色綻放

我把凋零合十掌中
把那存放好久好久的晚霞交出去
換來一聲　嗡——彌蓋所有耳際

能否　問你
下一趟的聲響
來自何方

你，回答
虛——
空

〈口袋裏的五十元硬幣嗡嗡叫喚你的黃昏〉一枚五十元硬幣是一塊幸運護身符，可以從秋天到隔年夏天，在口袋裏開滿蓮花，直到銅板鏗鏘墜地，猶如敲響世界的警鐘。「嗡」就像六字箴言「唵嘛呢叭咪吽」的延長線，提醒自己應當精進人間修行。

沈默是一道最初的語言
它把我道盡
也把我掏光

然後時間也就從此
沈默了

千言萬語化為沈默，最輕也最重〈像羽毛一樣飄浮著時間〉，「沈默」才是真正沈重的負擔。而「時間」在空間中凝聚了所有的言語，沈默成為唯一的主角，這主角其實是一隻修行的貓。

我是一隻，孤獨的貓
彎曲的眼神祈望解讀
但你卻不斷錯身
老是忘記

翻開葉面下成長的蝸牛

我是一隻孤單的，女貓
夜夜在你的簾前窺探
碎裂的貓臉是我整顆心的拼圖
組裝之後，是否可以投射為
完整的影子

《雲間冥想》這一本詩集中，貓出現了很多次，尤是是淒淒切切〈我是一隻孤獨的女貓〉這一首詩，節奏感非常強烈。女人如貓，蕓朵將自己比喻成貓，前撲後繼緩慢移動的孤獨女人，在現實環境掙扎，在愛情裏失溫，在挫敗的人情世故中困頓迷惘，如果能只是一隻「女貓」，該有多好？人們會看見我嗎？

我嘗試
這世間的人出出入入
我出出入入世間

〈我嘗試〉這首詩有看透人生端倪的哲學觀。貓、女人、時間、空間。貓女蕓朵站在霧中看自己的前塵往事，充滿不確定和迷茫。卻在信仰的國度裏，明白人生不過是一個循環。四季如此，生命如此，學習像貓那樣腳步緩慢下來，領受世間一切給予的磨難或喜捨，終究會以寬厚慈愛的信念回到原點。

詩是切割的心事。蕓朵新詩集《雲間冥想》是切割心事後的記憶拼圖，最後那塊拼圖，必須由她自己親自填滿。

期待蕓朵法喜圓滿。

2016/11/15 定稿

時間，節令順行——說說這本詩集的感想

雲朵

時間散落著多層次的碎片，而我們在角落裏撿拾記憶。

有一天，當你站在生命的某個山腰，回首凝望，看見過去的自己像一片模糊的影子，任由每個時刻的諸多身影一一連接成現在的模樣，但你眨眨眼，想看得更清楚些，那些影子忽然不見，瞬間消失在宇宙深處，憑你呼喊高叫，伸長雙手，再也撈不到邊。然後，你低頭，卻發現手上還有一分詩稿，幾段文字，從歲月與心情的交戰中累積而來，在眼下似乎什麼都沒有的空無裡，留著幾滴心裡說過的話。

這世界上沒有絕對的公平，你說，然而，時間是公正的，我肯定。

公正，是因為時間不偏不倚，每天只繞時鐘一圈，除非你搭飛機從東到西，繞過時差，醒來時發現時間還停留在昨日，或者，搬出愛因斯坦的相對論，把坐如針氈的時刻地誤想成時間以龜速流動，然而，無論你如何感覺，你的皮膚與血液會跟你說實話。線性的時間，一直向前，永遠以一種傲然之姿，一去不回。像是 line 裏的已讀不回，斜著睥睨

的眼神，望著你，你卻無可奈何。

然而，古人對於光陰與時間，他們切割，他們不說時光一去不回，他們說，時間是一種循環。

循環像是陰魂不散的老鬼魂，來來去去，去去來來，永遠無法擺脫，像是生生世世永不止息的輪迴，他們不離不棄，永遠繞著地球，繞著人類，繞著你的祖先，你，與你的未來子子孫孫。

時間這個老傢伙，明明在旁，卻不聲張，他把你從嬰孩拉拔到成年，從雄壯高大的成年人，為你裝上白鬚白髮，硬生生將你從能量充沛的得意洋洋中敲醒，然後在你來不及承認自己皮膚發皺、眼角下垂時，便已經過了高峰，往生命的終點悄悄前行。

但這老鬼魂卻也有其可愛的性格。

中國老祖先用一本不厚重卻十分慎重的聲明裝在一本不太厚的小冊子，以短短的一本《易經》說盡陰陽之理與人世之道，易，有簡易之義，其實一點都不簡單。《易經》八卦第一卦起於「乾」卦，六爻皆陽，是極陽之數，而最後一卦是「未濟」卦，六十四卦不是從頭到尾的一條線，卻是頭連著尾，尾連著頭。經過八八六十四卦，竟然不是天地結束，人生消亡，世間毀滅，而卻是另一個循環的開始。未濟就是一切尚未結束，再回頭，連接著乾卦，時間重頭開始，時序從春天再生。這本詩集共有八十八首詩，便是取六十四卦之數字。

是的，這就是老祖先留下的密碼之一。

因為循環。因為圓。因為世間萬物最後回到原點。無論是多麼苦難的或是光榮的生命，最後都回到原點。老子說的復歸於嬰兒。因於此。

我寫循環。凝望著四季的循環，我也開始生命的另一個循環。

在這一年，時間的斷點有重新開始的契機，無論時間從那一個點開始跑去，無論是終始或是始終，不斷循環形成未來新的展望。生老病死。春夏秋冬。冬日嚴寒的最後，縱使一點生機被覆蓋在大地之中或雪地之內，最後都將從一個春天的芽尖裡冒出新的一年，新的希望。

一年之內，二十四個節氣構成的春夏秋冬，就像生命的高山流水，深谷墜崖，或頂峰白雲，起伏的山巒最後回到起步的原點，心靈，重新開始，像清洗過後的空瓶，重新裝載新的種種可能，如此，我更衷心希望所有的人事物都有「始」的契機。

循環在每一個段落中產生，在每一個生命的轉折處產生，在每一個絕望的低谷中產生。走到低處，便有絕處逢生的可能。

生命也本該如此，低落如山谷，山高風大不勝寒冷，在每一個轉彎處，都是新的轉機。

這些年我越來越順應自然的感受，也越來越享受天地之間美好的啟發，人類本該在順著天地循環的自然環境中活著，而不是妄想強加扭轉或是破壞秩序，順應著自然之道與天理，隨著時間的增長，我也漸能感受天地的節拍與個人生命之間的聯繫，並順著每寸光陰所引導的生命情調與步驟完成每一段生命的任務。

這本詩集其實早該完成，只因為自己過於完美主義，一直無法找到一個適當的主題貫穿詩集的精神，因而延緩。夏日，卻突然有股動力，彷如有聲音一直在說：該完成了吧！我在最忙的時間內整理好詩稿，但仍等待，等待它出世的那一天，我相信老天給的啟示，該出現時就會出現。

蕓朵寫於山實齋夏日，20161022 完稿

雲間冥想
蕓朵詩集

目次

第一札　春喜

雲間冥想
蕓朵詩集

目次

第二札　荷露

第三札　飛霜

第四札　冬隱

一 第一札 春喜

凝望

——始終——

一粒種子掉落地面，緩緩滲入大地的骨髓。
像霜一樣白的影子凝結在行人匆匆的路上。

小寒 01

冬至後氣血漸寒
北方如片狀的羽毛
白晝是你的守護星
繞著影子旋轉
南方燒著火

牆壁上貼著書扉與油畫
你校閱一部用陰陽
書寫的日記

大寒 02

謠言如風
凡吹過之處，皆
草木枯黃

立春 03

死亡與開始都在天亮的時刻
交換臉色

四季已經藉由你的手
撥開雲霧

雨水 04

冰融成水化而為雨
你的雨水是春天裡最動人的姿態
撩撥我一年幸福的表情

驚蟄 05

聽聞句子磨擦的聲音
便是你從泥土裡醒來的
瞬間了

春分 06

嫩綠從芽尖冒出一個小頭
你的春天從你居住的樓閣上
走了下來

清明 07

淚水灑落成雨
你的思念像山丘綿延成一座座小墳
每個山頭都堆積一段深情

直到綠草長出一年的鄉愁
你便來到，以酒灑地，並
鏟去亂草叢生
墓碑再度站立為盼望的煙塵

穀雨 08

祈盼一場細雨紛紛
洗淨春天泥土的味

你大把灑落今年的種子
愛，在秋天，等你

立夏 09

一隻青蛙跳過池塘邊
水花淺淺綻開

荷葉，動了二下
蓮華挺直腰

小滿 10

剝下袖長如葡萄柚的果肉
跳出一瓣純純的新鮮

芒種 11

與你分手的時候
整個夏天都在顫抖

過去萎縮為一道淡淡傷痕
從此，剩下未來

夏至 12

薄衫傾倒你的風姿

你把荷葉掛滿倒立的藍天
綠色湖水瞬間
點上粉嫩

一隻青蛙跳過水邊去

小暑 13

用蟬聲叫醒熱浪
你就是狂放的聲波

豔陽下沒有影子
只有你蒸騰的熱氣
把地球燒出一個空無

大暑 14

極度的高漲
熱度繞著脖子轉
不敢踢掉任何汗珠
怕是下一顆淚水
湧上心頭

分不清擾人的
白日或海洋，總是
喚起你
夏日的
痛

立秋 15

聽聞稻穀成熟的聲音
你便從遙遠

帶回今夏滿天空亮黃的雲

唯有
一朵最深思

處暑 16

有人說，最酷熱時
月亮與太陽悄悄互換位置

熱極之後，秋意逐漸入侵
一點一滴偷走你的心

白露 17

白露為雙

所謂伊人，在水一方
你大笑

早知道
冬天已經降落
白色的霜

秋分 18

斗星指酉，太陽中分
南北被赤道切成二半

一半在你入睡的枕邊
另一半在
剛起的早晨

銀色的陰加上紅色的陽
你便再度燃燒成灰
剩下清朗的天

寒露 19

霜冷時
你從遠方帶來飛雁
有沒有錯過，我的窗前？

霜降 20

臉色在
戲台上揮舞大刀
銅青或番紅
直到布幕降下

一片黑

立冬 21

第一道風
吹動你脖子上的圍巾
第二道風吹著你花色清淡而年歲漸長的
頭髮

第三道，儲存記憶
剩下
輕笑一聲

小雪 22

天氣微陰。寒未深沉。雪未大。

種子縮成一段脾氣
意氣不能發

剛剛碰上記憶裡的友人
正在風化如一啃蝕的鐘乳石

能說不能寫，尚且
還無法成為一團雪意的冬天

大雪 23

沒有雪的地方
也有雪意

白天隨著夜晚
都是紛飛

冬至 24

圓一個夢
花一整個年

在行人匆匆的路上。像霜一樣白的影子凝結。

終究像是
凝結著霜一般白的天地。

時間的跳動從某個斷點開始
2016——

——終始——

芽

生命中最重要的感動不是滿樹的花
而是春天剛剛冒芽時蹦的一聲

鏡中自己

你向鏡中嫩芽的臉說
枯黃才是真實

我想起你
十七歲的紅臉頰，原來
每一顆青春痘都僅有一次春天

——刊吹鼓吹詩論壇 21 號，2015.06.

回收紙

廢紙囂張
張大了嘴吃灰塵
一隻蠹蟲在悠閒的午後吃二十五史

——刊吹鼓吹詩論壇24號，2016.03.

刻

我在米粒上刻心
儲存些許溫暖

熱情立刻在冬日裏蔓延

一粒米是一個世界
住著我　以及
看著我的
你

——刊創世紀詩刊174期，2013.03.

詩與雨

一籃子的意象
被思想框住
寫詩時
外面已經開始下雨了

———刊創世紀詩刊 174 期，2013.03.

分手敘述

你的書上寫著，小故事說：
愛情離去的時刻，沒有預告片
就像那天
興許太陽過於熱情

掉進美麗的漩渦
一朵玫瑰的心

今天，只不過下了點雨
花瓣便
謝了

——刊吹鼓吹詩論壇19號，2014.09.

心律不整

隨便瞎掰的時候
你也隨便心跳吧

——刊吹鼓吹詩論壇 19 號，2014.09.

與蠹蟲共度午後

坐在書的旁邊
我視若無睹
蠹蟲張開兩根長長的鬚
左搖右擺

它聞不到我
我看不見灰色的影子

世界靜止

——刊自由時報副刊，2015.04.22.

穿梭天地的紗

如果世界是碎片，踩在上面的
是陽光發酵後你的心
如果地球是一雙佛掌
翻不過的不只是隻猴子

那些人舉手在做一些好笑的動作
留著眼睛
看風吹向何方

如果天地是一襲薄紗
我們就慢慢地在紗裏穿梭

——刊乾坤詩刊 70 期，2014.03.

水的我

折一隻綠色的楊柳
我送給自己

家的溫度在黃色水晶燈
餐桌下
一席如夢如囈的傻話

可我醉了
不知道心跳的聲音是因為酒
還是傷悲的濃度

我只想折一隻柳枝
沾著清晨的朝露
把自己變成
一滴水

———刊福建，0596 詩刊 3 期，2013.03.

頓號

世界停頓的時候
你打了一個嗝

巷子口那個賣麵的身影
吆喝聲　罵聲
夕陽斜斜掛在大樓的邊緣
影子射向玻璃窗內的你

模糊的臉躲在簾幕之後
只是想著看著
靜著等著
時間從雙指中沙般流洩

鏡裏翻倒著許多灰色的塵土
沒有聲音的夜晚
那人在談論著
手中一杯紅酒
沒有喝完

這彷如剛在上演的畫面
景色從山前到山後
人從渾濁的叢林走來
進入昏黑的城

手中冰涼的觸感穿透食指
滑落地面

——刊乾坤詩刊 65 期，2012.01.

一匹馬過著馬路

一匹黑馬被你牽在手上
慢慢踩過馬路

斑馬線上規律的音階從未因此扭曲變形
仍然唱著一樣的規律

世界沒有變的
本質依然是黑色

變的是你突然戴上眼睛
發現一匹馬悄悄長著白色的翅膀
隱隱然在灰暗的塵土中
模糊的影子

——刊乾坤詩刊 62 期，2012.04

請把秘密帶到遠方吧

不要道別
請把樹上的鳥鳴裝成一個紙袋
送給我遠方的足跡

不要說出我們之間的秘密
那一年夏天種下幾句平常的戀語

請把骨折的年輪放在牆角的小破洞裏
讓它沉睡深眠

噓，別說話，一句話也別說
就這樣
讓夜滾動著寧靜無瑕的一杯清茶

———刊乾坤詩刊 62 期，2012.04.

虛空在敲門

榮耀爬過昨夜牆上的紫蘿
躡手躡腳
溜進家門

門後一隻孤單的球棒
久久不見陌生的影子
突然驚嚇
狂吼

硄噹硄噹
一家子人睡得正鼾
轉身
讓虛空繼續敲門

——刊創世紀詩刊 174 期，2013.03.

相識

我們不必理會彼此
像陌生人一樣走動著

在同一建築裏
我們在各自的巢中取暖孵蛋

在同一個曾經相似的時空中
你我僅是擦身而過

僅僅在互望的一瞬
過了

——刊乾坤詩刊 69 期，2014.01.

她是煙

她是煙，從你的話語
變化為飄蕩，散逸的
一縷靈魂

你是雲，偷偷躲在山頭
裝扮成霧嵐
趁風走過
跳下一喝
留下買路財
強留她的年歲，微笑，以及夢想
樹輪轉動你剩下的願望
她的繡花鞋

及紛飛的思緒
她是煙，承載著你的愛與意識
夜半彎腰的月光中
她化為幽幽的
一句詩

———刊吹鼓吹詩論壇 18 號，2014.03.

月蝕的紅月亮

紅色月亮只出現一次
在你記憶的瞳眸

我獨自走在山巒的陵線
高峻驚悚無人發現
除非你
偶然昂首瞇眼
在雪白的匆匆裏揀拾
一顆灰茫茫的影子

我獨自放自己的心在遙遠
失去人群的溫暖
身體貼著身體醞釀的體香
似乎淡而更薄
薄而隱約隱約更隱約
紅豔月光不是你該擁有

你怎知我躲在紅色之後
把自己前生的日記鎖在
彤影的月亮宮殿

我獨自行走飛翔
在無人聞問的三更天
夜深沉得探不出鼻息
屋簷縱使有微微的振動
也無視我腳步的輕盈

我獨自仰頭望月
秘密約定我悄悄的足跡
過去的或是未來的
只有紅色的月亮曾經
看見過

———刊吹鼓吹詩論壇 14 號，2012.03.

遇見陌生

逃離或樂在其中
你處在一個零字的中心
玻璃窗沒有情感
方圓之外只是一根枯乾的枝椏
但是可以輕輕棲息

你的詩文有沒有人看見都是一股藍色的絲線
懸在天光裡
秋天不會比冬天長
而冬天有更冷的霜雪覆蓋大地
讓金黃也潛藏

遊戲開始也是很好的
熟悉的聲音拋在腦後
你重新粉刷自己的牆

像斑駁的紅廟門你打上手印

清脆的笛聲沒有盡頭
你拔開汽水罐拉環
若火車即將遠行
你將浮光掠影打造成一座透明宮殿
光與影是繽紛落下的紅櫻
伸出雙掌握住的是旋轉的風

沒有人認識你的時候
那才自由

——刊創世紀詩刊 184 期，2015.09.

刪掉

雪就這樣下著
給你一系列電腦程式
試圖解碼

他說　很難解
你說　本來無一物
我說　把電腦也刪除掉吧
然後　等明天的太陽上來

——刊野薑花詩刊 13 期，2015.06.

如果你說

如果你說
一句愛

像轟然而至的天空
破裂如甕
的鮮血
在牆上寫著紅色的大字

如果你說
不愛了

我手中那杯喀拉喀拉的冰塊
想必瞬間蒸發

昨夜跑不完的夢境
今晚還再跑

——刊吹鼓吹詩論壇16號，2013.03.

下午茶時刻

下午的時候你
啜飲過去那些年
男人與褐色的夢
混在咖啡奶白中
旋成一段淡色的黃昏

貓，躡足走過
輕巧地不知世事
除了喵一聲在櫥窗邊照了個影
你跳起來，那是——
他送你的那朵粉白玫瑰

安安靜靜坐著

無庸驚訝
這劇本在我桌上
昨日寫好
今日的甜點下午茶

———刊野薑花詩刊 13 期，2015.06.

與女作家閒談一如你淡綠色的長襯衫

你野地的身影
成就今日風的草原

眉頭輕淡畫上一抹青
不太多也不太少
剛剛是一杯咖啡的濃度

對談的語言找到該站立的位置
沒有裝飾
你正好寫完長長的一生

而我恰巧在你行走的森林
是一幅偶然飄起的雲

浮著光閃過路邊的小溪

你一身淡綠長衫對著我

草綠的濃烈春天

你沒有過多驚奇如我

沒有下雨

——刊創世紀詩刊 184 期，2015.09.

嚶嚶樹鳴

回望，樹以一曲長簫
舞動枝頭紛紛亂亂的落葉
深沉低鳴在
午夜

你一句他一句在頓挫起伏的春天
沒有應和的絕響
敲碎的鐘聲只是哼一次
便成垂頭的楊柳

一片薄如蟬翼的承諾藏在雲端
但鎖已鏽且言語碎裂
卿卿濃濃的梔子花香
淡化為一縷剛剛滑過去的虛幻

老根似有若無的細絲把汨汨青液也彈成沉痛
微吟的詩歌

樹疼著呢
那些嗚咽的長嘆
皮膚已經磨出漫長歲月
與老成

我撫著樹下那張微醺的老臉
不經意
竟然融入枝幹隱身的魂魄
斜躺著夕陽

樹鳴
只有我聽見

——刊吹鼓吹詩論壇 17 號，2013.09.

一第二札 荷露

任老天淹水一個夜晚

蟬叫的午後突然沒有禪意
你讓大雨代替炎夏
更把無謂的風無端的雨傾倒成一貧如洗的老頭
全然蹦出，所有淹在水中的不再是灰燼而是意義的骨頭

愛情用完的時候沒有天黑
微雨僅僅一點黯沉
可是你今日的潮濕把陰灰色的天空寫得不懷好意
雖然不停的雨水早把道路良田劃成一片無疆的界限
日子仍然依軌道前行
就像春天把跳動的節奏拍到了微夏
你卻明白這絕對不是歷史的速度
你必須更加堅信
當一幅畫被寫入海中
月亮裂成二半
烏雲也不是烏雲
遮不住彎曲的傷痕

破裂的刻度瞬間失溫

冰雪的大地沒有一扇門可能逃離
善變的心情缺乏關閉的柵欄
那一客甜甜圈被咬斷之後
沒有了圓

親愛的大地
我們的愛情在玻璃罐中儲存
剩下一小撮還未蒸發
昨夜一場驚天動地的愛戀
世界翻滾幾圈
你說無端的哀傷灌注無辜的河水
漲潮頹壞用來重新清洗天空
於是再造
火熄的那一刻水也停止
世界是琉璃鋪成的國土

說明：記 2012 年 6 月 12 日臺灣各地淹水之夜，生態與環境的破壞使得各地產生極端天氣，一夜降雨多處淹水，故所記之。

———刊吹鼓吹詩論壇 15 號，2012.09.，並收入《台灣生態詩》，爾雅出版社，2012.03

夏日

你是一夏的時間
翻倒在我貓樣的午後

有誰聽說
文字剝光之後如一株迎風的馬尾草
在你經過的腳印中
如影子般拉著我的記憶跑

草綠色的地面鑲著亮珠
是雨剛剛不經意的吻
泡在透明漣漪中的金魚穿過蓮蓬
線條仍然傾斜

煮文字的人

煮文字的人傳說長在一棵老普洱茶樹中
經年累月吸收著月的精華

我經常在傍晚熬一碗濃郁香湯
放在你的餐前
除了青輕的綠色嫩葉
我還特意把文字切成小小塊的紅蘿蔔
以高湯培育著生氣盎然的力量
挑戰你的味蕾
讓你咀嚼著我的心情

喧嘩與叫囂中杯盤交錯著今日昨日與他日
但我一樣煮熟文字
如一株老模老樣的靈芝
寄生在浮游的人間
樹幹上住著傘狀的人家
每一戶都在煎詩

我只是角落旁一間小屋

但五彩繽紛並用一張旗把顏色鮮豔張羅
窗口傳出陣陣晚餐的味道
夕陽西下，樹稍總是有風
念誦我今日剛剛烘烤出爐的那首詩

森林裏，歲月在河中奔流
月光閃動著舞蹈的曲律
我們成為精靈，專門煮詩
給大地喝
心靈的羅網隔絕塵俗與城市煙硝
今晚煮湯的時候我找到一張自己的臉

世界很小很小如一粒樹上的疥
照鏡子時才會醒來
鏡子中長著一座沸騰文字的深林
住著一個詩樣的女人

———刊吹鼓吹詩論壇16號，2013.03.

我在？

我把呼吸換成了影子
輕輕投映在你的腳後

落葉經過的時候
只是一陣風
就把凝結在紅燭身上的雨滴吹熄

我把腳步裝上一點點神秘
詭譎如水果盤下藏著一隻紅蜘蛛
不作聲
也在運行著地球的轉向

我把那些文字裝在透明玻璃裏

讓你瀏覽
但我只是一個虛擬的存在
別忘記
風來的時候
一切
灰飛煙滅

———刊創世紀詩刊 176 期，2013.09.

黑與白都一樣自由飛上天空

總有一小段時候
天是黑的
心是白
但心無法將天喚白

總有一些人
將似是而非的枷鎖套在你頭上
他以為餵飽你的是他眼神底的一絲憐憫

我內在一根正直的意識
站得清清楚楚
那些形式的華美衣裝

只給那些喜愛裝飾品的人穿

天亮的時候
黎明用清涼的朝露
洗淨你一身
自在

——刊野薑花詩刊 5 期，2013.06.

我是一隻孤獨的女貓

我是一隻
一隻孤獨的貓
蹲坐在你藍色的窗前
如一朵婉約的蓮

我是孤獨的
貓，想像玻璃的倒影裏
有一道彩色的舞曲

我是一隻，孤獨的貓
彎曲的眼神祈望解讀
但你卻不斷錯身
老是忘記
翻開葉面下成長的蝸牛

我是一隻孤單的，女貓。
夜夜在你的簾前窺探
碎裂的臉是我整顆心的拼圖
組裝之後，是否可以投射為
完整的影子

我的影子是一隻　孤傲的貓
綠色的雲是天空的草坪
坐在地上是我唯一的語言

我的孤獨是，銀藍色的，貓
伏在自己起落不定的胸前
望著月光，靜靜灑落
一滴銀色的
露珠

——刊吹鼓吹詩論壇19號，2014.09.
——刊野薑花詩刊5期，2013.06.

變淡

星空變淡
心情畫著夜裏的銀河圖
黑夜更加閃亮了

想以一種夏天冰涼的泉水
洗淨昨日身上的塵埃

深山沒有光
光是內在一枚燃燒的晶體

靜寂竟然發生在最喧嘩的城中
沒有訝異

路在邊緣的想像中

展向遠方

風輕輕草盈盈
一條稜線伸著腰環繞頂峰

爬向高處
你把自己的一顆心提到白雪皚皚的峰尖

星空變淡
遠方近處也變——
淡

——刊乾坤詩刊 72 期，2014.09.
2018.1.8. 修訂

下在城市的一場雨

水的倒影折射
天空，一襲張翅的灰色羽毛覆蓋半個方圓
你在線條夾縫中穿梭
我在，尋找虛幻

城市的內部偶而嘔吐出一些污穢
需要行走的車子路人以及水以無比的能量
掃入無底黑洞

水花濺起一片孔雀開屏，灑動你的夢想
路邊小草一身無辜的濕
你的鼻頭有紅色的青春痘
正在冒出火來

理智把想像編織成潔淨的靈魂
我偶而，從你的車窗閃過
天空藍的幻夢與影子
就藏在那一瞬的
飄忽中

——刊野薑花詩刊 14 期，2015.06.

雲間冥想

我流動，
時間從我身上爬過。

靜坐在雲端，
我是不變的銅雕
沉默在亙古而不老的畫中
如你日日朗朗上口的語言，書寫的文字
秋日樹上的最後一片葉
葉上的螞蟻

你陳列七彩的光，在我面前
細細觀來內在的每吋光陰都在顫慄
唯恐錯失姣好的一張臉
及美妙妝容，一念間
便從此走入無我之境

水在動，天在動，我也
順著波長流動，融化自我
攤在地上的沙，白而圓，細而長
滾動著生生不息
唯一的呼吸

虛者為我問話，世界離我很遠
空與色何者為是？
無空無色無花無問，
不語。

我流動，幾乎聽不見遠方
海潮洶湧，雲霧翻騰，浪如花
念珠一把如散在地上的花，凋零時不再孤寂
粒粒都長出一株新蓮
透著光

午夜驚聞隔壁傾盆大雨

拍打雨聲
你窗外欄杆上傾斜著灑落的音符
叮咚的提醒
傷口的疼

你弄濕的髮還在滴水
態度傲慢並
弄出聲響

今夜怎麼了
雷電的情緒劃開閃著光的天空
轟然的大門
一聲令下

再見

說明：深夜突然下起傾盆大雨，滂沱雨中夾雜情侶（夫妻？）吵架聲，斷續，因與雨聲相和而無法辨別方位，最後有人奪門而出，「再見」二個字卻在夜裏迴盪。

——刊吹鼓吹詩論壇 17 號，2013.09.

懸念

我們從銀河系的漩渦旁錯身而過
一幅懸念弄不清來去的軌跡
然而
埋在古墓裏的愛
讓星光繼續閃耀

——刊乾坤詩刊 70 期，2014.03.

那位我國中時讀他的詩，現在還讀的詩人

如夢的人生，如蝶。
如時代流動中振奮著翅膀
力圖飛越語言的
一場曲線與折痕

然後，抖一抖雙臂，
這次，真的
飛了。

——刊乾坤詩刊 71 期，2014.06.

孤獨國裏有菊花——悼周公夢蝶

孤獨是生命的養份
正好滋養了國度裏的菊花
孤獨不是寂寞
十三不是悲傷

繁華的眼前有一座悄悄腐朽的山峰
而靜寂的背後是廣闊的海洋
當人們讚賞繽紛的彩色時
有些眼睛正默默探向遠方

時至
我方深刻
明白深深深的夜裏
黑暗帶來的光明
與白晝將盡的黑夜

而後得以在闃黑的夜
點著寧靜的月光
在孤獨的國度中稱王
並且安靜地不言不語
只用思想
畫出天空與白雲

等著一生的來與去
等著開始……並
結束。

——刊乾坤詩刊 71 期，2014.06.

古墓裏的思想

給一個下午的
靜
把自己坐成一座雕像
用無思無想埋藏
以單純簡易掩蓋

那些風花雪月飄在泥土的牆外
那些巧言令色關在厚重的門外

勿打擾
我們沉眠在古老的傳說
安眠藥鎮靜劑發揮不了原來的美貌
你把所有夜裏的星星都
攬來　照耀室裏夜空
月亮換成嫦娥
唱著碧海夜心

那些人們喜歡爭鬥
留在萬年之外
我們嬉戲
從沒有開始
誦詩
從詩集的第一首

沒有醉過的一香美酒還在
風是雲走過的路線
語是人們思考的溫床
我們沉思
想像
在老舊卻仍然新鮮的框格中
站立

也可以坐著
任你想要的時候
打開一扇窗
就從金字塔頂端出來

——刊吹鼓吹詩論壇18號，2014.03.

祝福

孤獨是生命的養份你每天經過的那條夜市
昨夜燈火燦爛
今天被高溫燃燒
被某種你只聽過名字的氣體
炸開一條濃黑的深溝

划拳與吃海鮮的酒杯你換來無數的鬆懈
扭曲的鐵門你無法走入昨夜的家
水中的倒影說一個故事
是前日你的笑聲和做父親做兄弟的

沒有人知道下一刻你在等紅燈
腦中思緒停格在手中發不完的房仲傳單
沒有人將知道　此刻的上一刻
昨日的今日　今日的明日
你在那裡？
我們又在那裡？

是的
你抬頭，望向天空
沒有一朵雲有著相同的容顏
時間彷如給你一點小小的委屈
卻大大改變生命行進的道路

我們低頭合十學習彎腰
那些悲傷的土地
長著細嫩的草
翻過泥土的山丘竄起你去年忘記的
對隔壁人家的關懷

世界痛哭時
另一個地球長出一顆新的心
不安的海洋　正在不斷掀起更多的
愛與堅強

說明：給 2014 年 7 月 31 日高雄氣爆受災的人們，加油。

——刊自由時報副刊，2014.08.11.

大尺碼的寂寞

無非是走得快些
山裏面的山還有雲裏面的雲
無非是多一點深一些
無非只是想佔一吋版面
無非想跨大點步伐

兩臂膀下空空盪盪
風可能穿過水可能流過
就是那樣的
無非想要
跟你揮揮手
帶走卑微

無非，想讓你多看一眼
雖然木般站在路邊像個真人

並且蒙好一陣子灰塵
無非也想，讓你專注的眼神
停留那麼一秒

無非就是，一丁點尊嚴
早知道理在盒子裡供奉
而我已經
站了好幾個年頭，等待
穿上你的身軀

——刊乾坤詩刊 75 期，2015.07.

轉身

圖譜勾勒出異世界的象徵時
所有怪獸出動
街上走
你看著那些尾巴搖搖擺擺
流下一條條長長的透明汁液

你掩起眼睛
放出煙火
邀請　還清醒的人
陰暗將是一場薄紗
但你已經站在岸邊觀
靜靜不做聲
喝茶並吹風

遊戲開始之後不再停息

夢想是一球追逐的冰淇淋
你愛的或是你想的從來都未曾發生過
但大家跑得很喘很累
還要咬骨吞肉

你終究沒有跑贏那些半形半獸
只能默默
把整條街讓出

尋找水源與河流
簡單的一把青菜
你便是整個綠色世界

——刊吹鼓吹詩論壇18號，2014.03.

兩片詩，在你我掌中

送你二首詩
沒有特別意思
今天的下午茶
咖啡和兩片餅乾

記得把煙吹散
將雲撥開
兩片厚厚的唇中吐著你的前半生
後半生還在跑
不過有點顛簸

那小學時的數學題
黑板上濃濃的龜兔賽跑和雞兔同籠

是一種無言的計算
泡入現實的藥酒
有蛇蜷曲

但你別再想喔
屋前的老樹垂著頭想啊想地
就
睡著了

送你的詩可別忘
僅僅是一種小小的自我安慰
給你給我
我的帶點酸甜你的有昨夜剩下的淚痕
無論男人愛情或友情背叛
終究喝了一口
無糖的黑

但我也別再想
老氣根細長而柔
榕樹下奔跑的影子匆忙過去
在夾縫中把時間剖開
你為你
我是我
那些細細碎碎的沙石
沒有哲學意義

把手放開
掌內藏著詩
給你
給
我

——刊創世紀詩刊 176 期，2013.09.

禱

不要忘記了
瞬間的火窗
是一把
無常的記憶

在太陽平靜的火舌下
我們走路上學下班
然後經過巷子口的便利商店
腳踩著日頭炎熱的
轟擊，光從來沒有如此炙烈
讓生與死疊合成一條線

你跨過了斑馬線
我們來得及說話
感恩並合十祝禱

救難的弟兄們以
雙手刨開泥土的
愛。心情激動地
擁抱。生存快樂

離開的靈魂如果是一把白色的花
散落花瓣時，請
不要忘記
如果生命只是一場遊戲
夢境結束時有淚，有
歌聲，有
生者最真誠的一聲祝福

——刊乾坤詩刊72期，2014.09.

曾經的鼓浪嶼海岸

階梯沿著琴鍵的腳步
敲響岸邊突起的黑色礁岩
你鼓著朗朗月光
佔據海岸一方角落
看海

蹲著站立或是撐起一把歷史的記憶
都沒有關係
牆頭上鑽出一隻黃色曼陀羅
偷窺著你

夜的海洋可能泛著淺色的光
隱藏在你心底
有一個正要成形的夢
叮噹響著

那夜，被琴音串成的珠子
拍打岸邊
一次又一次，如同
探向你的深色藍宇宙
彈奏

——刊廈門日報城市副刊，2015.07.03.

今夏蟬鳴

今夏庭園搬來第一道蟬鳴
接著千軍萬馬
把奔騰的波濤寫入炎炎的熱浪

總在午後不間斷的喧囂
不能眠的酣睡

透過微風
偶而暫歇停止

陽光暴烈你們的聲響仍然強硬
起音又是一陣狂放
也許生命就這樣吼叫
聲嘶力竭後雙手一攤

秋意何時降臨
想不到的高溫只有內在的冷靜頂得過
幸好我還有一口冰
把浪潮推向他方

儘管爬出一隻古代的蟲足
穿透時光到來
也許變一張臉
看似嬌媚或是水蛇的身體
而且慈祥如美妙的謊言

日子還是日子地過
誰說過度的怨恨或喜悅會在同一條軌道上並行
蟬腳走過的輪迴
就在樹梢上演

蓮

聯想你的臉
你的手你的微微揚起嘴角
你坐落中的生生死死
一隻青蛙跳過蓮蓬到岸的上邊了

——刊華文現代詩第4期，2015.02

第三札 飛霜

風風光光是坨一閃而逝的笑聲

有一種風光
有一種風光穿越歷史像是盛裝的京劇演員剛上了臉
有一種風光流動著閃過眼前
有一種風光沒有人知道埋在土裏的礦物質後來成了什麼顏色
有一種人
沒有風光地走過你面前不算活過
有一種人
風光地走過時
卻小丑般地死去

有些風光一閃而逝是昨夜你忽略掉的一抹白閃電
風光來來去去
去去來來

沒有影子也沒有身子
像奔像跑像走像飄
沒有一樁說得準

有一種人喜歡風風光光
有一種一生一世的風光
但是來不及想的過去現在
風光已經跑走了
到隔壁家點火去了

——刊乾坤詩刊69期，2014.01.

飄浮的雲

那些如煙如風吹過的
在捲曲的火光中
靜寂

片刻暫歇
便只有晴空的藍
天

你說的那些話與那些人那些事
早就化為一張紙上的容顏
雲飄在空中如散步去的流霜
歲月依舊走著那些錯與對是與非

你靜著了
再度

沒有什麼比一天吃三餐
睡午覺
眼前一切若真若實
沒有比這些
更需要你

而你更需要
眼前

——刊乾坤詩刊72期，2014.09.，又收錄於《2014台灣詩選》，二魚文化。

口袋裏的五十元硬幣嗡嗡叫喚你的黃昏

我掏出口袋
翻出半個一百
剩下一枚五十元的黃昏

餐廳的阿嫂
收下我掌心溫熱的熱
遞給我今天的飯食

腳邊的貓叫了聲
讓五十元散亂一地鏗鏘
滾落滾落的山水
敲響鑼鼓
踢出一盤剛才爭辯後的餘音
窗外樹葉因此拍掌
滿地紫荊花

雨紛紛而落了
我僅有的一口袋裏僅有的唯一
碰著你的秋天
無論長短你的夏天
總是開滿蓮花
爭鳴著綠油油與白色綻放

我把凋零放在掌中
把那存放好久好久的晚霞交出去
換來一聲　嗡——彌蓋所有耳隙

能否　問你
下一趟的聲響
來自何方

你，回答
虛——
空

——刊吹鼓吹詩論壇18號，2014.03.

寂寞書寫

一個人時
原始的寂寞像隨時呼喚而出的神燈精靈
特別在二個人時
或者是群眾來往的街頭

從天空中看自己
是一顆孤獨的影子
暗暗躲在十字路口的紅燈下

站立成這個城市裏隱藏的蘑菇
7-11 玻璃之外
僅是一杯咖啡的味兒
沒有過多的些什麼

像昨日過期的報紙等著回收
叮咚的開門又關門
來來去去

你始終偷窺著這些人們
推想他們的人生

很多事很多事
你只能說給自己聽
讀一篇老文章
或用手指算上幾回

人家以為你的喃喃自語在對他們說話
而你知道
這些不是話語
只是牆角胡亂拼湊的音符

標誌在老榕樹下
小小的曲調
唱了好些歲月

———刊福建，0596詩刊3期，2013.03.

賣書記

整理，搬書，位置遷移。
堆在架上溫柔而熟稔
假裝學問很重很多很有天高地遠般氣勢
然後，賣了三大箱。獲金六千餘元。

一套二十五史精裝本捐去圖書館
過去讀了沒啥路用，未來確定再見機會不多的一些
再去換些銀兩，可行。
也許，換一只嶄新的翻開的纖細手指

總算，願意放下沉重扉頁
學習再見，捨棄多餘的桌角
讓有緣人撿拾一分未曾謀面的欣喜
分離詮解著他人嶄新的重逢
喘息的空間裏緊貼著心與心
我和書，都一樣

方臉靈魂你是永遠沉默
忠誠的舊部屬
翻閱過山脈流水清雲綠樹
我的指紋以及夜裏的深思搔首
從一個書架遊走另一個
我的眼神關注火樣的情，曾經
它們瞧見過我三更的眼淚
清晨的朝露
但我。終究允許他們找新的，主人。
那人或許像我，或許不。
燃燒我書的熱度
長出一株繁茂的緣

而我的舊痕跡與我自己
像窗邊一閃即便消逝的光與影
收藏在深深深深的——
心底

——刊乾坤詩刊 70 期，2014.03.

我也是詩的一份子

詩事堆疊
在我桌前成一座小山
參差的書背如階梯爬過誘惑的圖象
山林與小河
月光就這樣照了下來

這些文字孵生之前
不知道那些推擠的字詞
被包裹在一束垂下的葫蘆
誰人的手緊緊將之握起

文字如流的穿越再穿越
沙漠裏春天的光如瞳孔裏隱隱閃耀
一條流動的長河
因字因文而推動的軟石

沉睡於河床

你飄浮著的思緒是我美麗的幻影
織著我心上海洋的蜀錦
我捉不到自己
內在的一筆悸動
只是再添加
以無數文字為柴火
為自己
也堆砌著紛紛顫動的流光

明天或者明年

——刊福建，0596詩刊3期，2013.03.

影子在那裏？

如果詩的射程正中你的紅心
那我就不必故意穿上薄薄的霧色
趁著天明偷窺你的睡姿

如果詩的線條可以畫出你情感的殼
那我就不必追尋太陽
總在霞雲千色萬調的錯覺裏
拉開真理的細絲

如果詩的面孔如相片上你的眼神
那我就不必再說
影子在那裏？

距離把真實想像成一具模糊的鏡面
因此我們讀詩寫詩
因此我們
相識

———刊福建，0596 詩刊 3 期，2013.03. 2018.01.08. 修訂

卸妝之後

卸妝之後我的梳妝台彎了腰
鏡面貼上一張假臉
剛掉的

昨日昏睡，忘記將鎖
旋轉到今日
於是，不小心讓山嵐飄在牆面
沒有線條

沒有把崑曲收到抽屜
月亮剩下一條細絲混進窗台
也好。總是一個人和一張曬過月光的臉

心躺平
然後等著
朝陽站立起來

——刊野薑花詩刊 14 期，2015.06

棋子

我們是上天手中的一只棋子
向前向後，左左右右
在一盤縱橫的河山中
選擇前進後退
僅僅彎腰
頂禮
臣服在生命的軌道
謙卑而低微

眼睛，張開的那一刻
夢就會醒了

——刊創世紀詩刊 179 期，2014.06.

像羽毛一樣飄浮著的時間

像羽毛一樣飄浮著的時間
溜進屋子裏來了

端坐在我的髮稍
靜靜地等待
孵出白色花朵的那一刻

沉默是一道最初的語言
它把我道盡
也把我掏光

然後時間也就從此
沉默了

——刊乾坤詩刊 67 期，2013.07.

每天符號

站在枯水的溫度上
月光沒有閃爍
因為陽光已經隱晦
灰色讓天空
閃著一道道
銀色枝幹

你從飄著桂香的樹下走到鋪石板的路面
那還是依然揮著小手
路的盡頭
菊花小到連影子都不見了

你不知道那些符號的意義
不知道每一天有些什麼新奇
總是那種不知道的莫名思緒

把不知道渲染為不知道的
一片微薄天色

你就是一步一步走著
突然冒出的石子水晶似地扎著腳底
痛一會兒沒有眼淚
你就是一步再一步往前走
一面走一面忘記
忘記後面追趕你的影子
長得多麼高大

忘了
你就以為
沒有了

———刊乾坤詩刊70期，2014.03.

月圓八月半——中秋記事

凝視，歷史的夜很漫長
中秋的月光
模擬出一枚亮晶晶的銀幣
就掛在雲的鬢角
無視於真假

經過那樣多的細數
蚱蜢把日月跳過

你的眼前一顆圓滿的餅
被人啃出殘缺斜角
話還是當年說的
如今還剩幾句？

跳舞的嫦娥音樂都換了

宮殿外的臼杵成灰
兔子還是兔子
月光仍舊是月光

長著青苔的樹幹活著的時候沒有妄言
辨論的話卻傳了下來
你們的嘴與思考缺乏烤箱
我仍舊聽出古老語意
現代用詞

凝聚一個傾斜的角落
我，半片臉頰付予更迭的朝代
半片藏在你昨夜啃蝕的
月光影子
中

——刊創世紀詩刊177期，2013.12.

舞文

文字是一段長長的隧道，黑而有光。
連結這裏與無知無明的那端。

落葉狂湧而來
開門的時候

於是文思唱歌
悄悄走入洞中試圖越過世界

探索的旅程漸漸規劃出道路
冒險啟動
天光成為指引的訊息
她知道，悲傷從來就是
舞蹈的起源

——刊乾坤詩刊 70 期，2014.03.

剪髮

讓刀在頭上飛舞
一如狂風掃地

散亂的樹梢傾斜你的方向
藏著偏歪的心

有什麼在長大
像菇類不斷增生在腐敗的樹頭
例如愛情嗎？

刀子口把一生的虛度
編成一曲舞蹈
所有的髮都跑到鏡子裏面去了

——刊吹鼓吹詩論壇21號，2015.06.
2018.01.08.修訂

中秋月光

親吻河水
秋，便躡手躡足地來
八月的地圖亮得發慌
掛在天上的
會令星星失去顏色

女人把手絹放在窗邊
男人不寫情書了

機車的影子躺在人行道上
被足跡踩出條條血痕
不敢喊痛
呼嘯而過的是一聲

沒有回頭的長髮
城市裏，銀黃色
啃囓大樓、層板、心
我們紛紛向外奔走

尋找胸口上走失的
一枚中秋月

——刊乾坤詩刊 70 期，2014.03.

逃離的她

你的戀情是一隻
夜貓
碰一聲跳上屋頂
卻又
悄悄
無聲離去

梨子被剖開了心
果核躺在蒼白盤子中
刀子切開
彷如血
滴落

但那不過是幾點汁液
透明而黏稠
超乎你的想像

屋簷裂開一道痕
撞擊不會令人窒息
只是驚訝
張嘴

醉酒沒有理由
醒著也一樣

註：友人失戀。愛情來的時候沒有徵兆，離去的時候也無須理由。

——刊創世紀詩刊 177 期，2013.12.

我在明道大學一夜如詩

我踏波光
在你滿園綠蔭的廊下暫歇，月光
明朗如高吭的歌聲
道說你夢般的紗霧，在湖畔
大開大闔的青春
學你跺步，換取短短
一行詩句
夜，淡然了歲月的表情
如你白日裏矗立的一株榆樹
詩，閃亮亮地，便蔓延開來了

——2016年2月。明道大學月曆。

燈

何事像午後娃娃車上的嬰孩
晃動著純白

清亮歌聲如菩提樹下紛紛而落的秋意
何年何月
你把流水束成一盞開放的夜燈
與月光比美

沒事
總而言之

——刊乾坤詩刊 67 期，2013.07.

你在窗外

開窗的時候
你才看見那條隱隱約約
霧中小路
前方是茫然白色
疑問寫滿天空——

突然，你發現，手掌長滿青苔
伸出雙手，都是迷茫的濕
進到屋內了
那些本以為美麗的夢
像纏繞的藤
一圈圈將你圍繞

你終於抬頭
看清站在眼前的那個人以及你自己昨日的歲月

雖然，在霧中

你看著自己手指緩緩消散
頭也不見
那個人隱約在白色之中成為殘缺
你的腳被蒼白吞噬
直到身體
剩下鮮紅的心，碰碰地跳

開窗的時候
你才看到，一線陽光下
那個自己原來一直都在
都在，窗外

———刊野薑花詩刊 9 期，2014.06.

結節

你在遙遠的那方
我在此處
編織錯亂的線條

我把天邊的彩虹畫上自己名字
背過頭
不讓你知道

今天早上我突然看見
錯落的網中
擠滿生命的交會，落差與擦身而過
美好與險惡相伴為結

都是結節的夜晚
音樂是陪伴
孤獨的魚
在水族箱裏

———刊野薑花詩刊 9 期，2014.06.

氣球

人站在樹下
氣球飛在雲端

一根細絲
牽住海角天涯

你的眼光
把世界看成
萬花筒

而我依然在
飄

——刊吹鼓吹詩論壇 19 號，2014.09.

一 第四札 冬隱

杏仁茶

寒冷冬天
熱氣蒸熟一杯
心情

——刊吹鼓吹詩論壇 20 號，2015.03.

冷＆蟑螂

鐵皮屋皺褶躲著一隻蟑螂
搓搓手
好冷
縮寫為脫水的小小的
昆蟲標本

而你，目光有火
看著流動的時光
取暖

——刊吹鼓吹詩論壇20號，2015.03

我嘗試

我嘗試
關上門又開了門
脫鞋穿鞋

我嘗試
這世間的人出出入入
我出出入入世間

我嘗試
這唱腔飆高讓天空裂開傷痕
或者讓地面的蚊蠅失去蹤影

我嘗試在寒冷的冬季

用冰封的嘴臉面對自己
倘若天邊黑成一塊無人問津的淤泥
總有曾經留下了蹤影

——刊自由時報副刊，2015.04.22.

麻雀

在一個行業裏
我們並非最好
也非最壞
我們只是存活在其中一隻小麻雀

啃啃樹根
撿撿麵包屑
偶而還挑三撿四
說說是非
感嘆身世
但我們終究無法站在高山頂上
看見自己

我們只是活著

呼吸並走路
從家到工作地點
從賣場到福利中心
我們只是如此如此
把一生畫在一個圈圈裏

有時望著天空
想想一千多年前莊子的大鵬鳥
那飛翔的翅膀
究竟怎樣載著白雲在飛
飛入
與機翼相對的高度
而冷空氣凝結的是
生命嗎
或是
歷史記憶

或
只是一個說說笑笑的夢

但我們確實飛不高
麻雀呢沒有厚實的雙臂
只是有一張嘴巴
挑落葉剩下的雜食
並在剔牙的時候
發發牢騷
噴噴口水
批評飛在天上的飛機以及
那尾由鯤變成的大鵬
八卦及顏色

我們確實飛不高
只能安於樹根的遊戲

我們確實
什麼都說什麼都談
就是搔癢　搔搔癢
而已

——刊乾坤詩刊67期，2013.07.

誤讀歲月

四季的誤差無法測量
彌補或重生
盛滿鑽石的碗裏
閃耀迷惘山嵐

迷霧歲月　遙遠了夢想
世人的眼光拉不開你我深遠的距離
蟬聲喧嘩
叫囂一整個夏天
因為蟄伏七年　在土中
沒有醒來從未真正呼吸

每一步都踏在泥淖
腳上沾滿錯誤
每一句都是詩
長著小蓮華
每一朵都寫著偈語

踏著禪

誤解生命時仍有真理
永恆裏喘息
上帝把紅玻璃放在窗邊
刻意裝上一盞明亮的燈

每一寸肌膚都疼
像昨日沙灘忘了抹防曬油
但森林中嫩芽正滋長

誤解那天
歲月竊笑

一切都是放映中流逝的軌跡
老膠片與濫好人
早寫在閣樓上
一本舊日記本裏

——刊創世紀詩刊 177 期，2013.12.

些許感傷

二十年一條小巷
微微的月光
踩著黑髮白髮

我說不出想摘取月色的神情
年月已經替我醞釀
一枚成熟的果實
縱然每一步都好像有碎裂的聲音
破與圓之間
只是彈指
琴鍵上的一個音

來去之間

像剛剛的風吹揚我的裙腳
我的拉長的影子
天空些許亮光
找不到今晚的月亮

——刊創世紀詩刊 177 期，2013.12.

一張微薄的往事

從空中飄下
從空中像木棉花的棉絮
一般飄
下
在我的腳跟前
踏破
一葉秋的心
卻還在滴血的紫荊
蹂碎了
仍是
傷者
不能說話
不能發出任何的一句
像杜鵑一樣的
眼睛鋪在
地面

微薄而輕
得不像話
而如塵
沙
用手一摸必然
粉成空氣
融為
一體的
宇宙黑洞中
尋不見
茫茫人海裏的
一片
曾經深情望你的
神情

那些　往事　不復
再見

——刊創世紀詩刊 177 期，2013.12.

醒床

早上起床時把鬧鐘摔了
秒針因此離開跑道
像半把人生忽然掉到地上
醒了

跳下床來
拾起方塊的時間
裝回每一秒試圖調回原狀
但夢已經冰凍
乒乓乒乓
碎了

——刊創世紀詩刊179期，2014.06.

鏡

我從三稜鏡中瞧見自己
每一張臉僅剩下三分之一
分不清心情藏在那一個

那是被你分割的世界
只有虛影
沒有我

——刊野薑花詩刊 14 期，2015.06.

風過

那是花
你說，那是一朵粉紅百合
不，那是蓮
它說，那是剛要綻放的年輕水蓮

其實，那是風
是一陣已經離去的
沙塵

——仿管管詩意

——刊創世紀詩刊 179 期，2014.06.

逆留

誰說生命走到一座橋前
就得跨過？

如果我不呢？
偏在這頭望你
望千般過盡的足跡載著你
奔忙的斗笠

而我蹲在橋頭
看風看雲看路旁的一株老樹
樹上正冒著嫩綠的芽尖
就這樣
站一生
悟
一生

——刊創世紀詩刊 174 期，2013.03.

在悲傷中理解悲傷——贈女詩人紫鵑

你的傷心把記憶染上灰色薄霧
我的　正在海上起伏
捉住一根稻草或是浮木
你的重量太沉
而我的太輕
翹翹板把你拉入水中推我入山
輕輕地弄傷了你

那些往事
果然是森林裏的濃霧
建造迷惑的問號
找不到鑰匙
連埋在土中的那些年那些歲月
都已化為腐朽的老木
可是我們都在
都在人情的雲海中浮浮沉沉

我果然無法跨過那座清冷而淡漠的橋
依然在你的悲傷中理解悲傷
無論世事變化如一場剛剛吶喊過的春天
終究海上來往的燈火通明
照耀夜空
寂靜彌漫今夜
剩下夜的餘額點燃最後音符

天就快亮了
我們還要刷牙洗臉吃早餐
大門推開
忘記昨夜點點的夜與海
樹葉或露滴
迷宮。還在生活的階梯中轉啊轉
今晚。明晚。我的。你的。他的。

海岸線還是斷了線的海岸線。

——刊乾坤詩刊 68 期，2013.12

地震過後的臉

推擠的光陰
讓臉上走動的皺紋
滾落幾綹土石
動不動就說
山川美麗的那些人
忘記了曾經天地搖動
瞬間人情瓦解

路還在走
綠意重新長出
土地在大震之後隱忍許久傷痛
之後的之後
故事才站立起來

——刊乾坤詩刊 69 期，2014.01.

等

我們不能等待一朵花開
時間在熬煮
寒冬中，冷梅
催促著綻放的姿態

就該，順著風隨著雨
頂著帽
走入霜雪

——刊創世紀詩刊 179 期，2014.06.

一朵稱為夢的茶花

我彎腰
向遠方飄散的雲致敬
時間流速如
昨夜窗外一抹閃過的車燈
而牆角，剛剛才剝落的故事
跌坐泥地

你說明天那朵夢會開嗎？

憋不住的事件總在頭上開滿驚嚇地紅花
沒有刻意停歇或喘息
遠方的地球，那一面
無論如何都有爭辯的話頭孵出
如女歌手不間斷的厚重嗓音
交錯黑黑白白的跳動音符
但，那是去年的事了。

你說，夢明天會開出一朵花嗎？

遠遠的地底傳來一曲
似有若無的白煙
像爐中的環香繞著的霧，轉著旋著
緩緩，淡了。
圖象因此從海面上浮出來
過往的船隻圍繞一座彷如真實的島嶼
月從東方亮出

起身正想
關住門外傾洩的寒春
然而茶花，竟在無意的綠葉間
透出微笑

——刊吹鼓吹詩論壇 20 號，2015.03.

又一年

失去的那一年
沉睡在繁花的追想中
眼前這年
是一盒正在開啟的白色巧克力

我不騎時間的健馬
只坐在昨夜的蒲團上
點
一盞燈

——刊創世紀詩刊179期，2014.06.

期待一朵花開

期待一朵花開
在雨天
寒冷把濕氣暈染
踩過水的足印
剛好貼在一只楓葉上
紅已經褪色
綠轉昏黃

去年開放得讓世界都燦爛的茶花
又一次含苞

心凍了一半
另一半
在等待

——刊創世紀詩刊 174 期，2013.03.

聲音

風聲，雨聲，謠言聲，傳說聲
你都在那裡
沉著呼吸
折疊著日子
思考自己
試圖彎曲字詞
活著走出洞口

風聲沿著山的背脊吹
漩渦把枯葉捲起
如美麗的煙火

寒冬大雪的叫囂

往往是一首冷冽而動人的旋律
你把大衣縮緊　抵擋著
歲月的侵蝕
你呼吸著痛入心扉的呼吸
並堅持
天使的歌聲在遠方

——刊野薑花詩刊 13 期，2015.06.

三個字

三個字
組成一組符碼
第一個字是祖先的微笑
後二字是一方鎖
命運的力量將咒語放在字裏面
圈住透明的網

是設定的密碼
對於你或者是他或是他他他……
那些衝撞你的壯年謠言、少年日記
是風中的蒲公英。
每當你跨上一座山頭，雪便悄悄來了
從鏡中你不斷遇見頂上碰然出鞘的白
髮

你突然想起嬰孩時期母親對你的淺淺微笑
孔子孟子以及孔明周瑜朗朗讀書聲
也許有時還唱歌喝酒舞蹈
但時間的花瓣總是一一掉落
灑落你安眠的床頭

不是紅色
是白色的了
才能在泥地裏鑽入深處
拍攝成一個夢
標籤上寫著三個字
在你的碑前，放映

——刊吹鼓吹詩論壇17號，2013.09.

你在

其實你作夢
你跳躍
你遺忘昨日前日前前日
晚餐上的內容以及那杯昏黃的白開水

其實你在遊戲
從母親懷中跳落地面
你遊走——
朦朧的前世

其實你在混沌
你在，此刻
你或許剛剛醒來

從雷打的乒乓午後
其實，你在
你一直都
在。
合十的掌心

——刊野薑花詩刊 12 期，2015.03

過了一個年

剝開橘子
你把希望藏在白色筋絡中
透過微波輻射
孵出一個熟的果子

過一個年
你像是跑過一個宇宙
閱讀人性並染上一身微塵

總是要的
躲在洞穴裡當個老古人
也需要出來曬太陽伸懶腰
做做人的樣子

吃個熱橘子
據說加上鹽巴治感冒驅寒意
姑且信之

反正春天快到，再冷
雪必然不會再下了
縱然你期待

無論怎樣期待都不會發生世界末日一類的事
今天，開工

———刊吹鼓吹詩論壇 25 號，2016.04.

詩人選粹 4

雲間冥想

蕓朵詩集

作　　者：蕓　朵
美術設計：許世賢
編　　輯：邱琳茜　陳潔晰
出 版 者：新世紀美學出版社
地　　址：台北市民族西路 76 巷 12 弄 10 號 1 樓
網　　站：www.dido-art.com
電　　話：02-28058657
郵政劃撥：50254486
戶　　名：天將神兵創意廣告有限公司
發行出品：天將神兵創意廣告有限公司
電　　話：02-28058657
地　　址：新北市淡水區沙崙路 25 巷 16 號 11 樓
網　　站：www.vitomagic.com
總 經 銷：旭昇圖書有限公司
電　　話：02-22451480
地　　址：新北市中和區中山路二段 352 號 2 樓
網　　站：www.ubooks.tw
初版日期：二〇一八年三月
定　　價：三二〇元

國家圖書館出版品預行編目 (CIP) 資料

雲間冥想 ： 蕓朵詩集 ／ 蕓朵著 . -- 初版 . -- 臺北市 ：
新世紀美學， 2018.3　面 ； 公分 . --
（詩人選粹 ;4） ISBN 978-986-94177-1-6（平裝）

851.486　　105025495

新世紀美學